Carta aos Anfíbios

poemas

RICARDO DOMENECK

Bem-Te-Vi

CIP-Brasil. Catalogação-na-fonte
Sindicato Nacional dos Eleitores de Livros
D712c Domeneck, Ricardo, 1977
Carta aos anfíbios : poemas
Ricardo Domeneck. - Rio de Janeiro : Bem-Te-Vi, 2005
108p. : . -(Canto do Bem-Te-Vi)
ISBN 85-88747-17-0
1. Poesia brasileira
I. Título. II. Série.
05-1241 CDD 869.91
CDU 821.134.3(81)-1
18.04.05 22.04.05 009907

Bem-Te-Vi

Av. Presidente Wilson, 321, 10º andar
Centro, Rio de Janeiro, RJ
Cep 20030-021
Fone: (21) 3804.8678
Fax: (21) 3804.8670
E-mail: bem-te-vi@bem-te-vi.net
www.editorabemtevi.com.br

Editoras Responsáveis
VIVI NABUCO E LUCIA ALMEIDA BRAGA

Editora Executiva
LÉLIA COELHO FROTA

Assessoria Jurídica
MANOEL NABUCO

Comissão de Poesia da Coleção Canto do Bem-te-vi
ARMANDO FREITAS FILHO
LÉLIA COELHO FROTA
LUCIA ALMEIDA BRAGA
LUIZ PAULO HORTA
SILVIANO SANTIAGO

Design Gráfico
FERNANDA PINTO

Revisão dos autores

a Érico Nogueira

1.

Penser l'origine, n'est-ce pas, d'abord, mettre à l'epreuve l'origine?
Désir d'un commencement.
Edmond Jabès

Eu digo sim até dizer não

as circunvoluções
e caprichos
da atenção:
erguer a cabeça
e perder o sono

sopro
vento
em que
uma primeira esfera
de ar impele
outra ao movimento

ou em alto-mar
temendo menos a ausência
de resgate na superfície
que a povoação alheia
e por isso informe, abaixo
n'água, invisível, mas parte
integrante das estruturas
do dia real

só a lucidez abre caminho
para o imaginário

mas a carne insiste
no contínuo

onde as pedras são comestíveis
e exige-se a fome;
durante a transfiguração
em que anjos e bandejas
circulam seu jardim
é fácil salmodiar
providências e entregas; mas
é com o linho enfaixando toda a

pele e a pedra
separando esta caverna
da saúde do ar
que se espera um Lázaro!
Lázaro! e um segundo
antes da asfixia
crer ainda
que seja este o meu
nome, seja ESTE o MEU
nome

se cada folha parece
percutir o sol hoje
e não se debruça do estame
para o vazio

o mundo
é tão simpático

da montanha que fala resta
a mímica, da presença
o ventríloquo, de sua boca
o mapa que reconduz à porta

mão em mão com passos lentos

mas foi Isaque quem carregou a lenha
nas costas, tomou o fogo e o cutelo
na mão; e caminhou junto de seu pai

todo sacrifício é aparente e inútil,

nenhuma
árvore camufla
suas frutas:
expõe-nas
ao pássaro, ao
chão, ao suco
na garganta, à recusa
do estômago

por
tanto

percorro os andaimes
de equilíbrio precário
:
ferro oxidável
saudoso
de água

e a alegria de quem, na
obrigação de abater um novilho,
espera que seu corpo, de repente
forte, sobreviva ao sacrifício,

como uma garganta
enrijece-se rápida
para resistir à faca

Tecido

O campo é contínuo,
e erode;
o sulco não o separa
de si na água
que ali corre
e desce.

Corte sob a pele,
como arado
enterrado no solo
(sonhando brotos
de lavoura)

e o copo da ceia
vazio sob a terra
imagina-se
nas cercanias
duma vinha;

A erosão pressupõe
fé na água.

(ou o corpo ergueria
as barricadas que não
há)

e flecha, suporte e arco

faço
deste corte
a espera

de quaisquer sementes
se eu sou mais que o meu sangue

contido e
caminhante.

A água desce
até que encontre
uma veia
de pedra

em resistência:

a ravina entre árvores,
único trecho
fértil do terreno;
a água enfim visível, correndo
na pedra, e o som que preenche
o espaço do choque
destes elementos –

mas nem árvores
debruçadas, nem flores
na sombra,
nem ponte preenchem a fenda.

A cura
é um salto da pele.

Este ferimento
sempre reaberto
(semente e sulco
são entregas
da chuva)
espécie
que roça
a pele e
lhe mostra
o cicatrizado
(no qual pode-se
ou não crer) como
pecado dos pecados:

abismo que se dói
e nega a ponte
e lhe foge
de sob a manta;

onde fluiu e correu o uno
e indiviso,
nas valas e sulcos abertos
restam em poças
nostalgias de enchentes.

(o ferido é o susto
do avulso)

e cada lençol de linho de pele
estende-se nele
como se adentrasse
o local santificado
por um passado
bélico:

inaugurando um país novo,
onde a ética
dita que os mortos
mantenham-se expostos
a um céu
que não lhes pode
repudiar o cheiro.

o barro sobre os olhos;
o toque à borda
das vestes, entre
a multitude
e o sangue

que se estanca;

mas presenciamos o profeta
que percorre a terra

e

afastamos (dele) os olhos
                    e mãos e rostos
e pernas e vestes e peles

                e mortos

                e ventres

                                          e

(cascos de mula sobre a areia)

             fugimos-lhe à cura.

meu anátema
é meu.

basta que dele um único
dia tenha emanado júbilo.

A tentação do homogêneo

AN ERA
ANY TIME
OF YEAR
Louis Zukofsky

a Ettore Finazzi-Agrò

Tudo o que queremos é o único.

Nossa carne
tantas vezes
a caminho da fornalha
ainda sofre

a tentação do homogêneo

assediando
os fragmentos, ou a compulsão
do silêncio
em sitiar
o múltiplo,

datas por um punhado do fértil;

quanto tempo
um corpo
submerso
na piscina
aquartela
a ilha
vivo?

A busca atinge
a revelação da história
através de figuras
concretas para a abstração

e resiste-se
à história mesmo
fazendo-a.

bombardeia-se a montanha —
e os flancos das encostas
varridas estimulam a réplica
a rarear engajados na ação
imóvel: um revés.

Tiros ecoam na estrada,
estocada onde há muito
venceu-se a batalha;

casais separados por séculos
          repetem por segundos
       uma seqüência de gestos;

não fale em superposição de planos
temporais — é o mesmo chão,
não a mesma
                                manhã:

no bocejo da terra,
     sonho penetra
as filigranas do real
                    como
          nem este galo
  de esporas na terra
                    escapa
    à efígie na moeda

e a montanha
um momento
esquece de
erodir-se.

Os materiais, a lição: cinco variações

I.

pés úmidos em terra seca:
montar um cavalo morto
enregela-nos o movimento.

(beijo ao caminho, à poeira)

o fértil
revolve os olhos
e mal contém-se
em coice:

pata impressa
em ervas.

II.

conglomerado sem esforço,
o corpo reunido vinga-se
do ar em dispersão contínua.

(e sobre mim despenca em chuva)

o úmido
opõe ao vento
o núcleo
do seu aposento:

o corpo persevera
no extenso.

III.

subir ao redor de si em chamas,
deitar no próprio corpo
como em única cama.

(prefiro consumir em línguas o outro)

nosso palpável
peito unido
lambe o milagre
da carne única:

a trindade
opera-se grávida.

IV.

a fala inaudita d'água
na garrafa: ao chocarem-se
em continentes de carência,
o conteúdo dita a forma.

(como a água modela o copo)

o sangue
procura deter-se
num trecho de pele
um instante:

toque do anátema,
farol, ex-amante.

V.

consciência purgada da falta
que ama: enfim, só se é cauto
em sins de olhos fechados.

(fé no absurdo do obstáculo)

o cavaleiro
executa
no escuro
o movimento.

sem aposta de páscoa:
um cavalo, um moinho, um vento.

A pele medrosa cicatriza-se: e recomeça

a Philipp Naujoks

1.

Esta perturbação inicial, garfo
que não encaixa na boca
e a comida cai, num prato
assustado; o copo
d'água vai de encontro
ao dente. A garganta
estende as palmas
de vontade.

2.

O algodão úmido
na testa eriça-me
o quebranto; o soluço
acelera o ritmo.

Visto o casaco alheio
e me perco no cheiro,
um instante,
um instante.

O flagrante
do dono
perturba-me
o sono.

3.

Timidez
de pés

em casa
estranha,

que ao
ensaio

da distribuição nova
do peso descobrem

a levitação.

4.

O chão é um convite
recorrente, constante; algo em nós espera
o reencontro. Até que o vento.

Olaria

a Celso Prado

Eu chamo de
saudade do sopro,
querença de brisa
sobre a água,
como a terra, disforme,
esses materiais
nas mãos do vivo
único, e único

o filho vence em dias
o que tememos a cada
rua, avião e cama;

é o fôlego do século,
o fôlego
do século,
e convém aceitá-lo,
dizem
(e arfam)
a máscara rápida
à boca,

e pedras remanescentes
das peneiras ferem
as mãos do oleiro

onde remodelados
às vezes
despertamos

e quando o vaso nas mãos
sangra

-- abrimos os olhos –

e quando a pedra nas mãos
singra

-- abrimos os olhos –

(certas dores não é lícito
fingir) e no forno
aguarda-nos
a paciência do que, sólido,
mantém características
de seu passado líquido,

mas não o indivisível.

O dono do corpo

a Verônica Veloso

entre veia e espinho
o diálogo é explícito

mesmo o cadafalso exige
da minha perna
a perfeição,
                    do meu passo
o preciso

à iminência de um buraco
             é mais atento
o metacarpo
             e o rosto encolhe
diante da navalha

             a terra
não se furta a cobrir-me

nem hesitaria em esmagar
-me usando meu próprio

                         peso

             o refúgio
de ao menos uma única

relação justa
entre dois corpos

entre os pés e o solo
não há espaço para dúvidas

minha mão toca meu peito:

eu passo então a existir em dois pontos
como se um rio fosse a soma
de uma superfície e duas margens?

meus ossos não são inquebráveis

e o júbilo
é um improviso
difícil

Chão

a Lígia Borges

1.

Cada cavalo montado a campo
carrega em si a possível
quebra dos meus ossos;

todo touro investido na arena
contém em si uma iminente
fratura do meu crânio;

mas

nem todo peixe
está sujeito
à minha isca,

tão pouca pele
alheia estremece
ao meu toque;

entre nutrição e boca
erguem-se o úmido e o medo.

2.

Quando a terra treme,
os joelhos acompanham-lhe o ritmo

ao menos um minuto.

Quanta luz os olhos exigem
à confiança do avanço no escuro?

Há no passado o mínimo.

3.

sem chão
e os
pés livres

cautela do que
em asas
atenta
à direção do vento

e ouve
onde

o pouso.

A gravidade como hábito

Quero dormir à beira da cama.

Como o galho ao talo
e este ao fruto,
as raízes agarram-se e a copa
abre-se com potências paralelas;

O dia presente
são as férias da germinação,
como se a árvore existisse
para separar do solo a semente?

Um tronco (dilaceração
constante, também
conhecida como
crescimento), o real
nostálgico, a pupa
com os mesmos
temor e receio
que a fruta

dedica ao chão;

Eu meço
a queda
pela origem.

O pêndulo, a represa

... wo die Glocke das grosse Entsetzen drittelt
zum dreifachen Laut deines Namens
Christine Lavant

a Pablo Martins

Entre o
anúncio do dilúvio
e o
deserto vermelho,

nosso tempo e nosso peito;

entre o
temor e o terror,
o corredor estreito,
mas nossos pés são pequenos

"once human always an acrobat"*

o fardo leve
e o jugo suave
dos ciclistas no parque da redenção:

a oeste do meio-dia
existir segue denotando
e pressupondo movimento

e o descanso é eterno
e condicional.

* verso de Rosmarie Waldrop

Sempre o exílio

a Roberto Borges

a.

Surpreso a quanta terra
não me pertence, que
engraçado descobrir (mais
uma vez) que trocar de país
não significa trocar de corpo
e a mudança
de língua
é acompanhada pela permanência
da produção da
mesma saliva.

b.

esta ilegalidade do meu corpo
desaloja-me a comida no
estômago
que permanece em ângulo
suspeito, a boca
arqueia-se, tesa –
e o barbante frouxo dos braços
a nenhum peito estreita-me,
esta pele estrangeira,
este cheiro novo.

c.

a certeza finalmente
de que a mão é incapaz
da linha reta,
os ouvidos mais atentos,
as pontas dos dedos
mais ativas, despertas,
os ombros caídos, menos
por cansaço que por pesos
acumulados ao longo
de outros sonos;
quando as noções
de segurança
e cidadania
desaparecem e resta-nos
a condição.

De madrugada, de manhã

1.

Acordar no meio da noite
com a cabeça do outro
sobre o peito,
travesseiro,

maré e barco;

permanecer desperto, à deriva
o resto da noite, dormentes
e doloridos os membros,
a circulação cindida,

sem desejo de resgate

e sussurrar-lhe ao ouvido:
unsere knochenknospen schnurren und schnorren,
nossos brotos d'ossos ronronam e imploram,
como em qualquer hino,

meu querido.

2.

Eu desconheço quanto

deserto custa
uma epístola
aos coríntios;

se a cegueira
no caminho
precede sempre

(e vale)

a cidade
de destino;

se na garganta
um novo cântico
dos cânticos aguarda

ou se quatorze anos
de fôlego preso
hidratariam um soneto;

eu falo baixo
porque deixá-lo

dormir meia-hora
a mais é minha forma

de acariciá-lo
logo de manhã

que, envolto em lã,
ignora o abalo

sísmico
em mim:

um bocejo
seu.

Navalha é uma vontade dormente

a.

morder-me os braços
não os desprende
das mãos, o trânsito
nos pulsos e o círculo
da temperatura anexando
membros que perseveram
e resistem à metamorfose,
para acordarem toda manhã
incólumes do sono, ou quase;

tudo conspira
pelo uno.

b.

dizem que seres brutos
crescem por acumulação
se para nós onde os recursos?

caule é esforço.

(moeda sob a língua,
resista a dissolver-se)

e quando os cantos da boca ressecam
e racham, é com alegria que os cântaros
tocam com barro o barro.

(e a água preenche as fendas)

Falta; desejo

poço

hipnotizado

pela água que

contém

acreditando piamente
que é ela que o mantém
vertical,
ela que o
mantém uno, e não
ele dando-lhe forma,

nunca,

ele jamais creria
que lhe dá forma

poço hipnotizado pelo que contém,
água do vertical, do possível

e

terra circundante
às pedras do poço,
desejo em círculo,
necessidade que cinge,

terra ao redor do poço
querendo a água e dela
separada pelas paredes
do próprio poço

querença, desejo

tal falta sem trânsito

a água esta culpada

Estudo figurativo

Quando o primogênito
do meu tio
Paulo foi assassinado
em São Paulo
(a noiva e) ele
acabara
de sair do curso
para noivos
da igreja
e passara
pela feira.
Eles carregavam frutas.
Um era policial, outro
chamava-se Maria.
Cinco homens desceram
de um carro, renderam
a um e a outro
e com a arma
que o próprio noivo
carregava,
alojaram em seu corpo
sete balas.
Ele teve tempo de
dizer "me ajuda, Maria",
ainda estendeu-se no tempo,
permanecendo por
algumas horas
e morreu.
Se neste fato incorpora-se o mundo,
algo necessário e oculto
reside num meajudamaria.

Em comum

para sustar
a possível infelicidade
das coisas in-
visíveis,
porque invisíveis,
como o ar, que
no entanto,
nos tocam

e

mesmo que esta pedra
num esforço de concentração
e resistência
três vezes negue-me:

sim
;
com sorte, ar
que passou pelos
pulmões alheios

(sim, aqueles, inteiros,
específicos)

que o tornaram
inútil
mas reciclável

pois

entre os dois

há a respiração
e a relação mais próxima
do ar comum
que irresistivelmente inclui-os

Ressaca

Há fortes iluminações sem permanência
Murilo Mendes

as mãos erguidas,
palmas voltadas ao alto:
o alto acima

sopro
que tenta
permanecer

quando os lábios
já se fecharam

a corola
túrgida
da memória

e o
resto
seco

hoje
este acidente
que não
ocorre

no entanto

que o
nunca
vos supra:
eis o meu! espanto

se
eu ousar
que
duas vezes
(mais)

eu peça
o
milagre

aquele raio
duas vezes
(mais)
pouse
sobre

o mesmo lugar:

meu peito

aquele barro

(não saber se santa
a terra ou a saliva)

depositado

sobre os olhos

som
que soe
sim

mesmo com a
contínua
dispersão do calor

Barro: o abraço / primordial já / previa o anfíbio

Und dies ist ihre Verbindung mit der Welt
Ludwig Wittgenstein

mesmo que um pássaro
          aponte o centro
ou uma pedra
               seja pedra e sinal

a densidade em quaisquer hierofanias
                                        jamais excede
a que meu corpo apresenta
imerso na banheira,
água, carne: praia

e a troca de calor é explícita.

se o concreto evola-se em conceito
e eu vejo
o corpo do mito
feito carne
(de novo)

neste fluxo e refluxo
respira o mundo.

*

de encontro à pele,
a temperatura
aumenta, a febre
acelera-me o pulso

o rosto incha,
o corpo ilha-se

numa cama
encharcada,

mar que retorna
das origens a um corpo

em júbilo
similar à cicatrização de um corte;

luxações aumentam-me a posse
e presença no mundo,

mas não a brecha entre pele e pouso.

nada é invisível
além do que reside
em minha memória,

e eu sei que não há quem profetize
                                        a sua volta.

*

minha coluna uma torre de inclinações
contínuas
a garganta sobrevive ilesa
às inflamações
periódicas.

durmo e sonho o prometido
corpo incorruptível;

acordo com dores nos músculos.

*

estes brincos necessários perfuram e pendem,
servem de prova de consistência; úmidos,
os pés tateiam, ajeitam-se,

calcam mais fortes
no concreto
a sua crença de apoio

(o mundo responde-lhes com tremores)

o sangue escorrendo
das narinas no momento
do aperto de mão do estranho,
(toda apresentação
deveria consistir de uma troca
de secreções)
expondo ambos

à recusa

herdada, esquecida, prenhe.

*

os joelhos falham, dobram-se,
saliva e sangue às vezes unem-se,
deságuam na boca,

cabelos engastam-se nas unhas
do mesmo dono.

(braços exaustos tremem com um copo)

          denso,

                    denso.

algo mais que mão externa
consterna-me o diafragma.

          enquanto alguns

                    flertam

com pedras

e o

silêncio.

o adulto é a última utopia

2.

But anxiety is a password which does not require a special tone of voice. Rather than to immersion in mysteries I was only leading you to common ground.

Rosmarie Waldrop

Breviário de secreções

A um canto do quarto, meu corpo
operava sua fábrica
de relações
Decisões não são auto-explicativas,
resistem ao questionário
do prazer
e são
obrigadas a ignorar
conseqüências de causas,
como movimento e encontro
As mãos em concha erguem-se
ao rosto ao mesmo tempo
que este dirige-se a elas
sem que se percam
no caminho

Respirando pela boca, sem
tempo a perder entre a
oxigenação do próprio
cérebro e a
do ambiente
em geral, ele
falou alto e preciso:
o teso súbito que percorre
a linha da boca
do peixe à mão
do pescador, anzol:
isca, peixe

Mas esta imagem não
encontra equivalência
em meu organismo e
volto a olhar
meus pés

Sozinho e vazio
como quem acaba
de parir como quem
acaba de ejacular
vazio e sozinho

e só me acalmei
ao repetir duração duração
duração movimento

passe as cartas por baixo
da porta se as há

Infelizmente não poderei
ir a São Paulo por
enquanto mas com
certeza nos veremos
antes da sua
partida beijos

em vigas de partir
nas vias do por vir

O esvaziamento progressivo
dos pulmões e recomeçar
em seguida

Não há transição mais
sutil que a esquecida
à meia-noite

e entre epiderme
derme músculo
osso esperam
todos
uma gradação
dos espetáculos
do mundo

apague a luz cavaleiro digo cavalheiro

Breviário das secreções
da manhã:
• salivação comum mesmo
em meio à
desidratação recente
• ejaculação de hábito
antes do desjejum
• sangramento normal
à pia do banheiro
colore-me a boca
sensação de frescor e medo

O pão partido

Houvesse um telefonema
haveria uma voz. Eu
emagreço, que prazer
ajustar-se melhor
aos ossos. Levitar
até o teto; basta mover-se
na direção certa
para viver de inverno
em inverno. Meu corpo
seu estrado, o colchão
a falta, em concha
peito e costas aconchegam-se
em útero: e a falta.
O cordão umbilical uma
ausência explícita, que
digestão suporta
uma hóstia?
A boca abre-se à
expectativa,
saliva
produzida nas glândulas
da anunciação.
Pão partido, corpo prurido
every single time.
Mas separam-nos
o jejum e as
orações de minha mãe,
a possibilidade
de um oceano
e seu condiloma
imaginado.

É 1654 e cavalos
(oito) tentam separar
as duas metades de
uma esfera unidas
pelo vácuo; em apenas
dois por cento das caças
um urso polar
tem sucesso mas
seu pêlo é branco! e oco
para conduzir melhor o sol;
brilhar e desaparecer:
camuflagem perfeita e o único
predador a fome.
A hóstia sempre um prelúdio,
não uma rememoração.

Como um caule / exausto / sob copa teme- / rosa

a Jorge Wakabara

Novembro cansa. O calendário
é o início
de todo cansaço.
As obrigações
de natal por vir,
o ano novo o
tópico favorito
como se fosse ainda
moeda corrente
a regeneração.
O jogo
da transição o único
restante e isenta
-nos do definitivo.
"Só toca em mim
casando", vontade
de expor (as mãos
batendo contra o peito) como
Darlene Glória em *Toda
Nudez Será Castigada,* mas
o medo. Desde cedo
aprendemos
sobre investimentos.
Nunca desnudar-se
antes da isenção de
responsabilidade.
Você está aqui, é implícita
a promessa de estar
sempre. As exigências
nascem da expectativa,

da minha falta de direitos.
O asfalto na Augusta
encharcado
nesta primavera estranha
de 07 de novembro
de 2003 (em anos ímpares
me convenço de que
a morte existe) as fronteiras
fechadas, as invasões
bárbaras às portas,
as disfunções do clima vêm
unir-se à sua intermitência.
                                        Quando
tudo em mim conspira
pela constância?
Seu rosto que
diz "se eu ficasse não
faria mais sentido
o sufrágio universal."
Atende-se ao telefone
nunca a única
voz,
parte-se o pão e
é sempre a primeira
vez.

Refrigerador

o que recende e
ascende deste lençol
encharcado do suor
de um único
dono não mais
condensa-se ou
mistura-se
à extensão de
outro corpo
e deixa-me a tarefa
de carregar e conter
meus órgãos internos
com minha própria
pele tão-somente
passeio no parque caminho
pelo parque convencendo-me
de estar engajado apenas
em uma atividade bonitinha
seja
outono ou inverno visto
a expressão "tenho
um amante mas
ele está longe" e todos
percebem o
perigo dá-se
vejo um casal
e logo "two lovers entwined
pass me by & heaven knows
I´m miserable now" surgem
dominam-me eu os afasto
olhando o chão

sou uma folha amarela o
contato com o chão
me basta sou uma folha
amarela o contato com
o chão me basta
fico na chuva quero
induzir-me à febre à gripe
à cama necessária
imitá-lo mesmo na doença
lembrar-me dele espirrando o
corpo todo que se
ama tanto tremendo
tremendo
não colaboro com
a insônia alheia faço
sexo com outro e
outro e o corpo estende
faixas obrigado
obrigado
pela graça
alcançada
a cama enfim ocupada
viro-me finjo que
durmo lembrando-me
que é apenas uma
hipótese que o sol
amanhã levante-se
o toldo estenda-se
que o balão suba

meu focinho colado
ao chão, cão à caça;

e a insaciabilidade

Separatismo

Seu olho fisga-me dentre
os outros repuxa a pele
e reabre o corte faz-me
acreditar num anzol
dedicado à minha
boca enquanto a
expectativa infecciona
sob minha língua repetindo é hoje
é hoje e eu não queria voltar a
existir como se à entrada
de uma estação de
metrô tocando xilofone para
os transeuntes à espera da
moeda a certa a desejada você
cantarola *Crush with eyeliner* ele
caminha até o som *Too drunk to fuck* soa
no quarto poemas não o impressionam inútil
citar aquela poetisa polonesa de que você gosta
tanto discorrer sobre a palavra yes nos poemas
de e.e. cummings falar sobre a morte estúpida
de Ingeborg Bachmann ou mesmo sobre como
ele adoraria Yehuda Amichai ele lê panfletos
anarquistas mimeografados e textos de escritores
judeus cheios de sarcasmo e ri sozinho
na cama você se olha no espelho e sabe
de antemão que não adianta tentar
um moicano você nasceu para usar
óculos sua visão perfeita 20/20 sempre
foi na verdade um insulto mas como
é bom ouvi-lo sobre a infância na
Berlim dividida os pais anarquistas o erro

a reunificação (der Anschluss como
ele diz) as dificuldades pai alemão mãe
judia passar o sábado todo assistindo-
o vê-lo observar o sábado pedir pelo
que é kosher sim querido começa
em alguns dias a Chanukka quando em
um cerco inimigo ao templo o óleo
suficiente para apenas um dia queimou
durante oito a perseverança do óleo me
cai bem

Ao ver Adriano Costa atravessar a Augusta

em algum lugar entre
boca e estômago perdeu-se
o sono a ejeção
de material inexistente
dá-se de forma
dificultosa o pão
conhece
a convulsão do seu
destino
os elementos da equação
muito insuficientes
pela manhã para determinar
o desconhecido prefiro dormir
com alguém no cômodo
meu lençol vazio como
um filme recomenda-se
construir orações
com sujeito oculto
a seus contemporâneos
em meio à minha agitação
estamos todos calmos
pensando que Björk e
Matthew Barney realmente
amam-se
curando a faca
que abriu o corte
e no hino à possibilidade
escrevo "dois dados querem
sempre ocupar o
mesmo lugar no espaço"
sabendo que contexto é o risco

que a alegria corre e aceita
quando vejo Jean-Paul
Belmondo cruzando a Augusta
contendo mãos e pernas
só eu paro de respirar
e é
um único
segundo

Conversa com duas estranhas

prestes
a deixar o país retirei
na Biblioteca Municipal
de Munique Alemanha o
livro "Perto do Coração
Selvagem" de Clarice
Lispector numa edição
brasileira de 1984 o
livro em português em
que encontrei pequenas
anotações a lápis nos
cantos de algumas
páginas anotações
em alemão numa
caligrafia feminina
delicada
algumas são apenas traduções
para o alemão de palavras
que ela não entendia como
à página 34 no
alto em que ela não
entendeu a palavra "vergada"
e anotou
sua tradução para
o alemão
alguns pontos de interrogação
períodos inteiros vários "É ISTO!"
e "É
ISTO!" outra "ELA ENTENDEU!"
todas em alemão estou traduzindo
muitos pontos de exclamação um

"COMPREENSÍVEL" é estranho que
as anotações cessam de repente
e só
voltam na página 168
um "ÓDIO" anotado na
página 201 ao lado do
trecho "Ó tola, tola,
talvez tivesse sofrido então
e amado
se soubesse de seu nome, de
suas esperanças e dores. É verdade
que o silêncio entre eles
fora assim mais
perfeito. Mas
de que valia... Apenas
corpos vivendo. Não,
não, ainda melhor assim : cada
um com um corpo,
empurrando-o para a frente..."
na página 202 as anotações
explodem em pontos de
exclamação interrogação
números 1-2-3 que não
compreendo escrita ilegível
nervosa
a última está na página
203 e diz "História da
Humanidade" precedida dos
números 1-1-2-3-4-1
na página seguinte já sem
anotações da estranha
Clarice Lispector escreveu "... desde
que ela era mulher... A morte...

E de
súbito a morte
era a cessação
apenas... Não!
gritou-se assustada, não
a morte."

Na contingência de suas mãos

a quem mais importaria
que as mãos de
Philipp Naujoks pareçam-se
com as de Paul Celan em
uma foto aos 18 anos
senão a mim que
as amo
e feitas em sua forma
corporal de coisas naturais
eu busco dar-lhes
um significado para
que passem a existir
e digo: "eu vejo nelas o partir
do pão de minhas
expectativas"
e quando elas me tocam
nos acidentes deliberados sei
do sangue correndo
para irrigar obediente
minha pele
sob o jugo destas
mesmas
mãos
cujas feições e textura
reconheço entre as
centenas já vividas
a ponto de revê-las
nas mãos deste
morto que
escreveu "esta mão
que beijei

alumia-se às bocas"
e murmurar para
mim mesmo na
escuridão da
gengiva olhe
como as de Philipp
e fechar os olhos e cerrar
os dentes e pensar quando
novamente se contingências
excedem sua escala de
permanência e atrevem-se
a querer mais como
todos nós dizemos mais
cedo ou mais tarde não
queria que acabasse
mas o tempo todo
a água entornando
de um copo para
o rio e o braço
levando o copo de
volta à água provam que
continente e conteúdo
em certos momentos
confundem-se
(o prazer descarta-os)
para nossa vitória

(sem título)

onde está o quieto
no seu canto se
não importa em
que margem do
Atlântico sempre
imóvel ao telefone

e o passo no vazio é sempre
o penúltimo,
              pés machucados
de parúsia, tanta compaixão
por perversidades em especial
                    as minhas,
não há taças inquebráveis, a não
                ser na língua,
                diz-se: como
          se relações
fossem higiênicas

e a lógica sempre entre
dois ouvidos, língua
sempre entre martelos
e dentes alheios, ele
riu que
                  wollt ihr
den totalen Dorn?

deleite em desordem

e Tsvetaeva citada e traduzida
por Hejinian citada e traduzida

por Domeneck diz que a oferta
excede tragicamente a procura

(ou este último mente)

todos entregues a
instituir este regime
do poupar-se mas a
que custo?
instauração
de armazéns para o

fogo e uma árvore
brota e cresce anos antes
para fazer-se disponível
ao raio que a parta
ao meio ou em um único
galho
queda
derrubar
-se e eu apenas o
condutor mais eficiente

entre céu e solo

(sem título)

Then practice losing further, losing faster
Elizabeth Bishop

acordar manco,
a cabeça freqüente
inclinada, o peito
no queixo, o telefone
temporariamente
fora de serviço,
você não precisa de
um guarda-chuva não
só de um cigarro aceso,
cabisbaixa caça basta
recitar "One Art" três
vezes pela manhã alívio
imediato, corpulência
sobre os vincos do lençol
cresce o lago na montanha
com a chuva para fora
de si obstrução ao fluir
uma poça meus queridos
uma poça, a luz
da manhã pela janela
o galo reconfortante
mas a coberta sobre
a cabeça conserta
tais impertinências

(sem título)

quando finjo que me afogo
na banheira
ou a um metro
da praia

louça e areia
seguras sob os ísquios

os pulmões dizem mais

um pouco

e os dedos de mãos
e pés enrugam-se

num preparo à dissolução

última

água: solvente universal

coberto de escamas

e os pulmões dizem
mais um pouco

e a cabeça
emerge
como uma ilha
ou aquela

primeira célula

eu finjo tão bem
que a técnica
tomou o lugar
da prática

enxugue enxugue as mãos
os pés os cabelos de todo
desejo alinhe-se ao chão
entre cão e gato e repita
senhor quem me dera
ser coberto de pêlos

(sem título)

que meus lábios rachem com
o frio e a pronúncia

sentimentos não são puros
e coexistem à espera
e assim sofrem
o teste da beleza

tristeza e alegria
alternando-se
na expectativa
da substituição
de uma
pela outra

meus pés trincam, cansam-se
com a consciência
dos caminhos abandonados e
de cada passo não dado

cada soleira, trinco e porta
solitários

a saliva quente aguardando
um deserto

e o deserto tem nome
mas eu não
sou o que está sob a
areia, quente, esperando

o teste da beleza
na espera da alegria
pela tristeza

na espera da tristesa
pela alegria

assim:

às portas de um deserto
a boca úmida
de um homem

a saliva quente
diante de um deserto a
atravessar, esperando

a ameaça de não sobreviver
a dois dias de deserto

com que suprimentos

a saliva.
quente.
esperando.

(sem título)

Erguer-se é um esforço único
O arco distendido entre pés e
crânio estabelece a medida
de toda construção?
O impulso de uma árvore
para o alto e para baixo
como o sangue é o parâmetro
de toda pressa
Ao ser requisitada uma analogia
entre uma torre e um
cavalo, respondi: "patas
fincadas no chão para
lançar a cabeça acima"
e sorri
satisfeito
Eu sei
Eu digo "sei" até dizer "chega"
Que bom saber que posso
contar com você. Estou
escutando *How Soon*
Is Now neste exato
momento e lembrei
de você. Volto logo
o mais breve possível
Como é difícil manter-me
ao seu lado sem
a sua escolha
O resultado dos dados
já está contido
no movimento dos punhos
Mas há o vento, é

considerável?
Ele precipita a mudança
algo não equacionável
Sempre de relance
eu tenho a impressão
de ver em toda esquina
um rosto expectante
em pé
O pulso é meu incentivo à falta
de repouso

(sem título)

há coisas incertas o bastante
na esfera da minha atenção

requisições empilham-se diante
                    da porta
mas é difícil tornar-se o
que se é, requer
          escolhas e
sorte
   em meio à perda ouve-se
sempre os gemidos siameses
          da areia adorante
sob os cascos
                 dos cavalos

não é suficiente o tempo de espera

         não é fácil bastar-se

o mundo não espera o parecer
                           da minha vontade
                 para precipitar os
     acontecimentos

veja bem: quanto da experiência
e da dor mudam se eu expresso
                  o mesmo
(o mesmo é sempre uma tentativa,
       como a quase equivalência)
         em três outras línguas:

the adoring sand
under horse hoofs le sable,
        adorateur sous les

sabots der chevaux der anbetende
Sand unter den Hufen
des Pferdes

quanto do martírio
denota prazer e desejo
ao mesmo tempo
de aniquilação

você finge que não sabe de nada
mas na verdade você está
sempre dez passos na frente
de todo mundo

você quer dizer como a linguagem?

isso não impediu
que eu o perdesse

que direito
eu tenho
de contaminar a esfera
pública
com as intervenções
da minha confusão
privada?

minha atenção é divertida

e os limites do meu júbilo
são os limites da minha privação

entre o término e
a descoberta de que
algo jamais começou dá-se
não o fim do mundo,
mas apenas o fim
de um mundo, mas o fim
de apenas um mundo, mas o fim
de um mundo apenas

sim

talvez seja natural a transição
de alguém à "figuração
eletrônica das coisas" após
perder-se diante da máquina

na luz
intuir
pelo ranger das roldanas
o intuito
da máquina

e acalmar-se ao fim de tudo

ao fim e enfim

Seis canções óbvias

1.

a Timothy Ryan Mendenhall

Sair da cama, disse,
  foi simplesmente
  uma idéia incrível
  e deliberada
De invernos frutíferos
  construíram-se
  muitos infernos na
  primavera
A cama é um inferno pessoal
  e intransferível
E a pele vestida à noite
  desprega-se para acompanhar
  outra calçada pela manhã
A transferência de corpo pratico-a
  com diligência
É tudo tão simples, dizem
Hilda Hilst havia medo da morte
  e morreu
  assim como o MASP
  é ao mesmo tempo
  museu e mirante
Ergue-se o deliberado sobre
  simples patas

2.

a Carol Hungria

Entra-se com violência onde
o prazer arrasta-se
pelas paredes e
diz-se "aqui"
À pretensão de acreditar que
desconhecia a própria
capacidade para a
devastação ela
chorou pensando
em aviões e
prédios
A inocência não se perde mas
se ajusta
Horror horror é irrepetível
Paraísos são destinos
populares para férias
E uma grávida gargalhando
enche-nos de sensações
misturadas e transferíveis
Enrodilhados com os joelhos no
queixo esperamos pela
saída

3.

a Dimitri Rebello

As paredes do quarto não resistem
    à adstringência
A cama recebe e despacha
    desejos de ejeção
    e a ânsia na
    garganta típica da
    manhã não impede
    a ereção
Febre aloja-se na boca
Mas a cama nem sempre
    serve de grade
    para o corpo
    como a rua
    apressa-se para
    sustentar-me os pés
A temperatura queima os cabelos
    atinge o diafragma
    e arma a paliçada
    contra a crista-ilíaca
Toda transação entre amantes
    é bulímica
A sensação de queda é contato
    provisório com minha
    atual situação ou
    com minha condição
    perene?
Uma cama ou mesa no espaço
    é um local para
    discussão

4.

a Fritz Streiff

O presente o passado mais recente
Correr em público é deselegante por
    expor o repúdio
    público à consciência
    dos limites?
Ofegante, ele escondeu o suor
O presente é possível, mas cansa
    e resseca
Há um limite para a elasticidade
    da memória
Fogos periódicos asseguram
    a sobrevivência se
    não deste arbusto,
    da mata como
    um todo
O medo de uma porta aberta mesmo
    na menor e mais quieta
    cidade
Tiro e pássaro são possíveis como
    qualquer dádiva
É papel das dádivas e do acaso
    encurtarem o presente
O espaço virtual não é infinito
Nem meu cansaço

5.

a Tobias Bittmann

Reabasteço meu corpo de chá e
de orgasmos e escolho
não pensar nele
Basta formular o problema central,
ou seja, o problema
Não se pode estar presente a toda
fruta em amadurecimento
e queda
O chão não é distante
Quando se morre se morre
e a manhã seguinte não
traz notícias do
engano
Estamos ausentes a nosso nascimento
e morte
E estou pensando nele
Isso faz dele alguém presente
A perda ocorre aos que possuíam
e não mais e aos que
estavam ausentes
A ausência é estatisticamente maior
que a presença

6.

a Julian Wuermser

As relações de uma ilha
com um cataclismo
são claras
As águas cercam e a areia
adstringe
Mas o excesso gera a possibilidade
de cobrir mais campo
e percorrer maiores
espaços
Vide o maremoto
Cubro meu corpo de água
duas vezes ao dia
Você está respirando?
Algo deve estar doendo
Os pulmões têm uma caixa
para restringi-los
e isso torna o ar
palpável e concreto
A dor nega abstrações
como, por exemplo,
meu baço
e pâncreas
Se houve um dilúvio, as
formas sobreviveram
a ele e um monte
roçou o umbigo
da arca
Roce o meu mais uma vez
É costume no interior que as
mães enterrem o
cordão umbilical
que se desprende

A dor é um excesso, e existe
em anexo sem
pudores
O acaso atesta o deliberado
E perdemos dias preciosos

Lembrete

Cruz e Sousa
em vagões de
transporte
de gado.

Paul Celan
nas águas
do Sena.

Frank O'Hara
estirado n'areia.

Christine Lavant
crivada de camas
            e escamas.

Alejandra Pizarnik,
intolerância
a secobarbital.

Carlos Drummond de Andrade
em meio à maior perda na vida,
doze dias após a filha.

Pier Paolo
a pau e pedra.

João Cabral de Melo Neto
                              cego.

Orides Fontela
à beira da indigência.

Ricardo Domeneck nasceu em Bebedouro (SP) em 1977.
Vive atualmente em Berlim, onde prepara e edita a revista eletrônica Hilda, dividindo seu tempo entre a capital alemã e São Paulo. Antes de sua estréia com Carta aos Anfíbios teve poemas publicados nas revistas Cacto e Inimigo Rumor.

Traduções e notas para epígrafes e referências

9

Penser l'origine, n'est-ce pas, d'abord, mettre à l'epreuve l'origine?
Désir d'un commencement.

Edmond Jabès (1912 – 1991), no livro *Désir d´un Commencement, Angoisse d´une seule Fin*

Pensar a origem não é, primordialmente, pôr à prova a origem?
Anseio por um começo.

19

AN ERA
ANY TIME
OF YEAR

Louis Zukofsky (1904 – 1978), no poema "A"-22.

Uma tradução literal seria "uma era a qualquer momento do ano." Impossível manter em português a compressão característica do verso de Louis Zukofsky, em especial o praticado nos seus últimos poemas, dos quais A-22 seria uma espécie de inaugurador e os do volume "80 Flowers" os exemplos mais extremos. Se lido em duas colunas, este verso possui a indeterminação que se move entre AN, ANY e OF, assim como a segunda coluna pratica a poética da particularização pregada por Zukofsky, indo do mais geral ERA ao mais particular YEAR, passando pela abstração TIME.

35

wo die Glocke das grosse Entsetzen drittelt
zum dreifachen Laut deines Namens.

Christine Lavant (1915 – 1973), no poema *Ich will das Brot mit den Irren teilen*

onde o sino triparte o grande susto
ao som tríplice do seu nome.

35

... once human always an acrobat.

Rosmarie Waldrop (n. 1935), no livro *Lawn of Excluded Middle*

uma vez humano sempre um acrobata.

51

Und dies ist ihre Verbindung mit der Welt.

Ludwig Wittgenstein (1889 – 1951), descontextualizado e recontextualizado a partir da proposição 6.124 do "Tractatus Logico-Philosophicus."

E esta é sua ligação com o mundo.

57

But anxiety is a password which does not require a special tone of voice. Rather than to immersion in mysteries I was only leading you to common ground.

Rosmarie Waldrop (n. 1935), novamente no livro *Lawn of Excluded Middle*

Mas a ansiedade é uma senha que não requer um tom de voz especial. Não à imersão em mistérios, mas apenas a um campo comum eu os guiava.

67

two lovers entwined pass me by
and heaven knows I´m miserable now.

Stephen Patrick Morrissey, na letra da canção Heaven Knows I´m Miserable Now, da banda inglesa The Smiths.

dois amantes enlaçados passam por mim
e agora sim eu me sinto um trapo.

79

wollt ihr / den totalen Dorn?

Tradução aproximada: *vocês querem / o espinho total?*

81

Then practice losing further, losing faster.

Elizabeth Bishop (1911 – 1979), no poema *One Art*

Então pratique as perdas mais rápidas, maiores.

89/90

O trecho trilíngüe:

the adoring sand
under horse hoofs le sable,
adorateur sous les
sabots des chevaux der anbetende
Sand unter den Hufen
des Pferdes

é a tradução do verso em português: *areia adorante / sob os cascos / dos cavalos*

* notas do autor, a pedido do editor.

ÍNDICE

Este livro foi impresso em maio de 2005 para a Bem-te-vi Produções Literárias Ltda em papel Pólen Soft de 80 gramas, com tiragem de 1000 exemplares pela Imprinta Express Ltda. Rio de Janeiro, RJ.